le grand Joseph

Collection animée par Soazig Le Bail.

ISBN 978-2-84420-805-7

Loi n° 49-956 du 16 juillet 1949 sur les publications destinées à la jeunesse
Maquette : Bärbel Müllbacher

le grand Joseph

Kochka

Roman

Illustration de couverture
de Claude Cachin

Kochka est née au Liban en 1964 d'un père français et d'une mère libanaise. En 1976, la guerre contraint sa famille à l'exil. Elle poursuit ses études en France et devient avocate. Quatre enfants changent sa vie. En 1997, elle abandonne sa profession d'avocate pour écrire.

Aux éditions Thierry Magnier
Le plus grand matin du monde, 2006.
Cher Monsieur Thierry Panier (coll. Petite Poche), 2006.
Fils de clown (coll. Petite Poche), 2006.
La Fille aux cheveux courts, 2003.
Citron, fraise et chocolat (coll. Petite Poche), 2003.
Au Clair de la Louna, 2002.

Chez d'autres éditeurs
Ayouna et les ailes de la liberté, éd Grasset, 2010.
Avec tout mon amour, éd Nathan, 2008.
Najwa, ou la mauvaise réputation, éd Grasset, 2007.
Tête de pioche, éd Flammarion, 2006.
Maigre Maya, éd Grasset, 2004.
L'enfant qui caressait les cheveux, éd Grasset, 2002.

Pour mon grand-père Joseph qui déjà sur
la Terre faisait plus de deux mètres
et qui maintenant vole dans le ciel !
Et pour ma Téta Soraya.

Et pour tous les enfants du monde qui ont
la chance immense,
et même inestimable,
d'avoir un vieux grand-papa.

Cette histoire commence à la fin des années 1960, quand j'étais petite, au Liban. Là-bas, de mon temps, deux filles valaient un garçon… ou trois filles, les gens n'étaient pas tout à fait d'accord sur les chiffres. De mon côté, j'étais une enfant unique, mais j'avais quatre cousins un peu plus âgés que moi. Des quatre, l'aîné, Nabil, était le plus fier. Il disait qu'il ferait honneur à la famille et qu'il serait aussi grand que notre Geddo Joseph. Il était suivi de près par son frère cadet Youssef. Puis il y avait les jumeaux Toufik et Tanios.

En arabe, geddo *signifie grand-père, et, dans la réalité, le nôtre était vraiment très grand puisqu'il dépassait les deux mètres ! En plus, son autorité s'étendait sur chaque mètre carré de sa maison et sur chaque membre de sa famille, telle celle d'un seigneur incontesté.*

Qu'il soit là ou pas, il régnait sur son domaine. Il était une légende vivante !

D'abord parce que, né dans le dernier quart des années 1800, il était du siècle d'avant, et puis parce qu'il avait mené sa vie comme on mène une épopée !

Jeune, il était parti de rien. Ses parents, Élias et Rima Boustani, menaient une vie modeste ; ils possédaient peu de biens. Mais, à dix-neuf ans, s'estimant en âge de prendre sa vie en main, Joseph Boustani s'interrogea sur ses désirs et décida de se lancer dans le commerce !

Dans un premier temps, il envisagea d'exporter du bois de cèdre, car sa montagne en était pleine et que c'était du très beau bois. Mais une voix en lui chuchota que la place des cèdres était ici ;

ils faisaient partie du patrimoine de son pays et ils embellissaient sa montagne. Alors, il opta plutôt pour l'exportation de savons et de soieries, et monta une entreprise qui rapidement prospéra.

Quand il fut bien établi, c'est-à-dire vers quarante ans passés, il confia son entreprise au commis qu'il avait formé, car le temps était venu pour lui de prendre une épouse et de fonder une famille.

Il étudia alors les diverses possibilités qui s'offraient à lui et choisit de faire sa cour à Soraya Asfar, une fille d'une très ancienne famille qui avait vingt ans de moins que lui.

Soraya devint donc sa femme et lui donna deux enfants : Bachir, le père de mes quatre cousins, et ma mère Noura, née avec beaucoup de caractère, et têtue jusqu'au bout de ses doigts.

Quand celle-ci fut majeure, elle épousa un Français, mon père Pierre Laroche, qui était de passage en Orient. Ce fut un acte assez révolutionnaire car, au Liban, dans les années 1950, les mariages mixtes étaient plutôt rares. En effet, les vieilles familles s'en méfiaient à cause de la transmission des traditions qui risquait d'être malmenée, et du désordre que ça risquait d'engendrer dans la descendance et plus tard.

Ainsi, je fis mon entrée dans l'histoire, moi, Joumana Yasmina Marie, fille de Noura et de Pierre, et petite-fille de Geddo Joseph et de Téta Soraya que dans la famille, on surnommait Téta Souris, tant elle était petite alors que Geddo Joseph était grand ! D'ailleurs, toute sa vie elle dut crier pour se faire entendre, alors que je n'entendis jamais Geddo Joseph lever la voix, sauf une fois…

C'est cette fois-là que je vais consigner au centre de ce livre, ainsi que quelques souvenirs de mon cher grand-père Joseph, car il m'en reste très peu et qu'ils me sont très précieux. Alors, que ceux qui ne craignent pas les escaliers en colimaçon qui descendent tout doucement au pays de l'enfance mettent leurs chaussures et me suivent…

Première partie

Dans l’antre du crocodile

1

Nous sommes très tôt un samedi. J'ai neuf ans et demi presque dix, et dans ma chambre située au rez-de-chaussée de la rue Abdel-Wahab-el-Inglizi à Beyrouth, je suis encore dans mon lit. Ma tête est posée sur mon oreiller et mes cheveux sont lâchés, ce qui dans mon pays n'arrive jamais que la nuit. Le reste du temps, dans la journée, mes cheveux longs sont enfermés ; ils n'ont pas le droit de voler ; c'est une des règles que les jeunes filles doivent appliquer en public.

Ainsi donc, la tête posée sur mon oreiller, et les cheveux dénoués, je pense à l'anniversaire qu'on fêtera ce soir chez Téta : celui de mon oncle Bachir.

Car, il y a quarante années, et justement vers cette heure-ci, il est arrivé sur la Terre comme le Messie !

Bachir, le premier fils de Joseph et de Soraya Boustani – mais de Joseph surtout, qui était parti de rien, mais qui avait fait du commerce de savons et de soieries, et qui avait réussi !

Rue Georges-Zaïdan, dans l'immeuble où il est né, on se souvient encore de son premier cri. Les femmes n'avaient pas dormi de la nuit ! Elles s'étaient relayées autour de Téta Soraya, qui n'était pas encore Téta, lui épongeant le front et essayant de la faire taire ou au moins de diminuer l'intensité de ses cris.

Car ceux-ci troublaient la paix de la nuit et n'avaient pas de raison d'être ! En effet, sur la Terre, des milliers de femmes avaient accouché avant elle et le monde n'avait pas cessé de tourner ! En conséquence, rien ne justifiait ses cris ; il n'y avait pas de péril.

Donc, dans l'immeuble de la rue Georges-Zaïdan, les femmes montaient et descendaient les escaliers et, à chaque étage, on entendait la même question qui courait : « Crois-tu que ce sera un fils ? »

Sous-entendu, crois-tu qu'elle a mérité un fils ou devra-t-elle se contenter seulement d'une fille ? Dans le deuxième cas, ce sera un cadeau quand même, mais de moins grande qualité.

Alors, quand Bachir a montré le bout de son nez, et surtout son zizi, et que sa voix a tonné, quelle hystérie ça a déchaîné : une hystérie collective !

2

Donc, alors que j'ai encore la tête posée sur mon oreiller et les cheveux lâchés au rez-de-chaussée de la rue Abdel-Wahab-el-Inglizi dans mon lit, à cinq minutes à pied de là, au rez-de-chaussée de la rue Georges-Zaïdan, ma grand-mère Téta Soraya se lève et elle ouvre ses volets…

Tout à l'heure, quand le soleil sera plus haut, elle les refermera sans tarder. Au Liban en été, il faut lutter contre la chaleur et la tenir éloignée.

Mais lutter est une activité que ma grand-mère Téta Soraya connaît. Qu'elle ait un dîner à préparer ou qu'elle n'ait rien à préparer, elle ignore qu'on peut ne pas travailler.

Donc, malgré l'heure matinale, elle se lève, enfile ses pantoufles et commence à s'agiter.

Si elle était un animal, elle serait fouine ou belette, ou Téta Souris comme on l'appelle… Car fureter est une de ses principales activités, et que les chats, AH ÇA NON, elle ne peut pas les supporter !

Car le diable voit par leurs yeux !

D'ailleurs, le simple mot « chat » la hérisse ! Devant elle, il est banni ! Il ne faut pas le prononcer !

3

Donc, alors que j'ai encore la tête posée sur mon oreiller et les cheveux lâchés au rez-de-chaussée de la rue Abdel-Wahab-el-Inglizi dans mon lit, à cinq minutes à pied de là, au rez-de-chaussée de la rue Georges-Zaïdan, ma grand-mère Téta Soraya se lève et elle ouvre ses volets…

Ma grand-mère Téta Soraya se bat tout le temps sans arrêt.

Elle se bat contre les poussières qui volent et se posent sans demander.

Elle se bat contre les mauvais plis sur les serviettes et sur les nappes qu'elle veut aussi blanches que la lumière qui arrose notre pays ensoleillé.

Elle se bat aussi contre les mauvaises odeurs, les microbes et tout ce qui peut tacher ou contaminer. Pour ça, elle a toujours un seau en métal qui est prêt avec une serpillière, de l'eau de Javel et le balai.

Elle se bat contre les aubergines et les courgettes qu'il faut laver et éplucher, et même contre les oiseaux qui donnent le mauvais exemple car ils ne devraient jamais chanter !

Donc, ses volets ouverts, Téta penche sa tête entre les barreaux de sa fenêtre et elle inspecte la rue à cette heure-ci désertée.

Chaque matin c'est pareil : elle regarde si tout est normal et si rien n'a changé. Car, profitant de la noirceur de la nuit, plein de choses peuvent arriver !

Le *khamsine* par exemple, ce vent qui vient du désert et qui sème du sable très fin. Alors, vite, il faut barricader les maisons et boucher les interstices si on ne veut pas avoir à tout nettoyer.

Bon, pas de sable du désert et pas de bête à l'horizon… Téta tourne le dos à la fenêtre ouverte, mais attention, elle ne part pas très très loin ; personne n'a intérêt à entrer !

Un jour, un vieux chat s'y est risqué… En plus, il était sale et il avait la pelade… Quand elle l'a vu, YAAAAAAAAA Téta s'est mise à hurler ! Alors il a pris ses jambes à son cou et il s'est carapaté !

À cause de ma grand-mère, il y a quelque part sur la Terre un pauvre chat terrorisé.

4

Donc, Téta tourne le dos à la fenêtre ouverte, et elle énumère tout ce qu'elle doit faire pour l'anniversaire de Khalo Bachir, son grand fils !

D'abord

– cuire les pois chiches,

– laver et découper le persil, puis griller les aubergines,

– faire la pâte des *manaïchs* et préparer le *kebbé*...

Vers sept heures, au son des premiers marchands ambulants, elle empoigne le téléphone. Elle n'aime pas travailler seule ; il faut qu'on vienne la regarder.

– Allô Noura, tu peux m'envoyer Joumana ? J'ai besoin d'elle pour m'aider.

Depuis que sa fille Noura s'est mariée, Soraya l'appelle à tout bout de champ, comme si elle était encore dans la chambre d'à côté.

– Joumana ! crie Noura une fois qu'elle a raccroché. Habille-toi vite, *habibté* ! Téta a besoin de toi ! Elle vient de téléphoner.

5

Au cri de maman, je me lève. Depuis que je comprends le langage des humains, je suis un petit soldat.

Dans mon pays, une fille doit faire tout ce qu'on lui dit. L'obéissance est une des premières choses qu'on lui apprend dans la vie. Elle doit être attentionnée et docile, si à l'âge adulte elle veut trouver un mari. Après, quand elle se sera mariée et qu'elle aura fait des bébés, elle pourra même devenir impossible. Mais avant, elle doit être exemplaire dans tout ce qu'elle fait, et en toutes circonstances, elle doit bien se comporter.

Donc, j'enlève ma chemise de nuit et enfile la robe posée au pied de mon lit. Ma mère me l'a préparée hier en venant me dire bonne nuit.

Au Liban, les femmes ont toujours un temps d'avance sur la vie ; elles sont très organisées.

6

Comme chaque matin, en m'habillant, je m'observe dans la glace sous tous les angles. Je m'avance, me recule ; je me demande à quoi plus tard je vais ressembler.

En fait, je manque de confiance en moi et, dans quelques années, je ne crois pas que je serai très jolie… Je crains même de ne pas trouver de mari.

Sur ces entrefaites, la porte de ma chambre s'ouvre et ma mère apparaît.

7

D'elle, je tiens la texture de mes cheveux et un peu ma couleur de peau, mais pas mon tempérament.

Contrairement à elle, je suis plutôt discrète et n'aime pas me faire remarquer.

S'il ne tenait qu'à moi, je serais souvent invisible et marcherais doucement sur la pointe des pieds.

Dans ses mains, elle tient l'attirail qu'il faut pour me domestiquer : c'est-à-dire le peigne, la brosse, les pinces à cheveux, l'élastique.

Dans mon pays, une fille doit toujours être bien coiffée. De ses cheveux, aucune mèche ne doit dépasser.

Je m'assois devant la glace et, avant que ma chevelure ne disparaisse complètement dans une tresse très serrée, je la regarde respirer.

Elle tombe le long de mes bras comme une fontaine brun foncé.

En fait, toute ma beauté se cache là ; le reste de mon visage est banal. Ma mère commence à me démêler.

8

Les cuisines en Orient sont grandes et peu encombrées. À cause des fourmis, rien ne traîne ; les aliments sont rangés. Je prends du pain serviette dans la panière, le déplie et y étends du *labné*. C'est délicieux avec un filet de bonne huile d'olive bien fruitée. Dans mon dos, ma mère surveille ce que je fais. Je lui demande une tasse de thé.

On ne boit pas beaucoup de thé au Liban. En général, les adultes boivent du café et les enfants du lait. Mais moi, je déteste le lait même s'il est chocolaté. Alors, le thé est une fantaisie que ma mère veut bien m'accorder, à condition qu'il n'y en ait pas d'autres... Mais, tous les matins, mon thé, je dois le redemander.

9

Tirée à quatre épingles et le ventre plein, je suis prête ; je n'ai plus qu'à m'en aller. Ma mère ouvre la porte d'entrée et me regarde m'éloigner.

Je suis un morceau d'elle, je suis sa marionnette. Qui me voit, la voit aussitôt derrière moi. Alors, les femmes qui me croisent se disent : « Tiens, voilà la fille de Noura… »

Et elles analysent ma démarche, regardent si je me tiens droite, vérifient que mon regard n'est pas effronté.

10

À présent sur le trottoir, j'ai deux possibilités. Soit je prends la rue par la droite, soit je la prends par la gauche. Aucun chemin n'est plus long ; ce qui diffère, ce sont les magasins devant lesquels je vais passer.

Par la gauche, il y a l'antiquaire et, dans la vitrine de l'antiquaire, la lampe à huile d'Aladin que j'aime beaucoup regarder… Pour moi, celui qui l'achètera pourra tout lui demander !

Mais comme Téta m'attend et qu'elle n'a pas de patience, je prends le chemin de droite. C'est la solution la plus sage. Ça m'évitera d'avoir envie de m'arrêter.

11

Même s'il n'est que sept heures trente, déjà, la rue est très animée. Il y a les gens qui vont travailler, les marchands ambulants qui énumèrent à voix haute ce qu'ils ont dans leurs charrettes et, penchées à leurs fenêtres, des femmes descendent vers eux des paniers. Elles crient qu'elles veulent des tomates bien fermes ou des abricots sucrés.

J'aime le calme de la nuit et ses étoiles qui scintillent ; elles nous murmurent de bien dormir… Mais j'aime aussi l'agitation du matin : c'est la vie qui dit qu'elle est réveillée !

Je marche d'un bon pas sans courir et en même temps je réfléchis.

Je pense qu'un jour moi aussi je devrai faire à manger et que j'aurai une petite fille.

12

L'immeuble de mon grand-père n'est pas éloigné du nôtre. Il est dans une rue parallèle à une dizaine de minutes à pied.

Au premier tournant, je tombe sur M. Georges. Assis sur une chaise devant son épicerie, il prend tranquillement le frais.

M. Georges est très gentil. Il a toujours des bonjours à distribuer, et parfois un berlingot de jus d'orange ou un morceau d'*achawen.*

– *Marhaba* bonjour ! Comment vas-tu, Joumana ? Et où vas-tu de si bon matin ?

Je souris pour lui dire que je vais bien, et lui explique que je vais chez ma grand-mère. Elle reçoit ce soir toute la famille pour dîner. On va fêter l'anniversaire de Khalo Bachir. Il a quarante ans aujourd'hui !

– Ah je vois, répond M. Georges en mesurant combien ce jour est important.

Il sourit et dans ses yeux passe un éclair de malice. Puis, comme piqué par une mouche, il quitte sa chaise brusquement.

– Une chose est sûre, me dit-il, ta Téta n'a pas très bon caractère… Mais elle a de la chance de t'avoir. Tiens, tu lui donneras cette pastèque de la part de M. Georges, et tu lui diras que c'est ma contribution pour la fête.

Je remercie M. Georges et le fruit passe de ses grandes mains dans les miennes comme une grosse balle. Elle est lourde et je me réjouis : Téta va être contente ! Mais la suite du chemin est pénible car cette pastèque fait au moins la moitié de mon poids.

Enfin, j'aborde la rue Georges-Zaïdan et je pénètre dans l'immeuble de mes grands-parents.

13

La maison de Téta et de Geddo est très belle. Elle occupe le rez-de-chaussée d'une ancienne demeure traditionnelle. Elle est très haute de plafond et elle est vaste à l'intérieur, ce qui lui permet, même en été, de rester fraîche. Au sol s'étale un dallage de marbre blanc. Je monte quelques marches en pierre et sonne à la haute porte.

14

Ma grand-mère Téta vient m'ouvrir. Elle est toujours vêtue de noir tel un corbeau. C'est pour qu'on n'imagine pas que la vie est facile, parce que, selon elle, elle est vraiment difficile.

– Bonjour Téta !

D'un geste pressé, elle me fait rentrer.

– Joumana, pourquoi as-tu tant tardé ?

Je lui explique que j'ai eu du mal à porter la pastèque dont lui fait cadeau M. Georges.

Elle la prend de mes mains vivement, et PAF PAF PAF, elle la frappe ! Ensuite elle fronce les sourcils.

– Ce cochon, tant qu'à faire un cadeau, il aurait pu bien la choisir ! Elle ne sonne pas comme il faut !

Puis elle me pousse sans douceur vers la porte de la chambre de mon grand-père.

– Va voir ton Geddo Joseph en attendant que je revienne ! Je vais aller la changer !

Je suis un peu embêtée… Pauvre M. Georges ! Si j'avais su, j'aurais pris le chemin de gauche.

15

À cette heure-ci, normalement, mon Geddo Joseph est encore en pyjama. Bien que je l'aime beaucoup et que je lui rende souvent visite, il m'intimide à chaque fois. C'est à cause de sa grande taille et de la légende qui l'entoure ; il a un si grand passé !

On dirait un vieux géant qui ne peut presque plus marcher. Il est raide comme un vieil arbre, et à chaque pas qu'il fait, on craint de le voir tomber.

Je frappe doucement à sa porte, en espérant que Téta a déjà rangé sa chambre.

Ce n'est pas que je tienne à l'ordre… C'est à cause de son vase de nuit ; je crains de le voir rempli.

Parce que la nuit, Geddo ne peut plus se lever. Alors, sur sa table de chevet, il a un vase pour uriner.

J'entends sa voix :

– Oui, entrez !

En équilibre au bord de la chambre du géant, je m'arrête de respirer.

16

Pour ses petits-enfants, Geddo a, dans une grande armoire en bois, une boîte de bons chocolats Nestlé. J'y pense pour me donner du courage et j'enclenche doucement la poignée...

En pyjama, comme je le pensais, Geddo est assis sous la fenêtre de son jardin ; il en respire l'air embaumé.

Ça sent le géranium et la fleur d'oranger.

Un coup d'œil m'informe que son lit est déjà fait, que sa table de nuit est vide ; je suis un peu soulagée...

Je m'arrête sur le seuil et attends qu'il m'invite à avancer.

– Bonjour Geddo, est-ce que tu as bien dormi ?

Il tourne vers moi son visage.

– Mais c'est Joumana ! *Ahlan* Joumana !

Il tend vers moi ses grands bras.

– Approche-toi que je te voie ! Est-ce que tu as encore grandi ? Mon Dieu comme tu es jolie ! Puis il ajoute : Ma parole, on dirait un petit ange ! C'est sûrement le ciel qui t'envoie ! Tout à l'heure, quand tu seras repartie, il faudra que je pense à aller lui dire merci ! Mais pour l'instant, raconte-moi ce qui se passe dans ta vie... Dis-moi, est-ce que ta maman est gentille ?

En me sentant toute petite, je ferme doucement derrière moi la porte de la chambre de mon grand-père et je rejoins le légendaire Geddo Joseph Boustani… Il est grand même assis !

Lui, s'il était un animal, il serait un dragon ou bien un vieux crocodile !

Le grand Geddo Joseph Boustani, personne ne lui arrive à la cheville !

17

Si je suis toujours un peu impressionnée quand je suis au bord de la chambre de mon grand-père, je suis bien dans l'antre du crocodile. Un grand calme règne ici. Tout est apaisé et tranquille. C'est encore à cause de son grand passé. Près de lui, on dirait que rien ne peut arriver.

18

Souvent, entre ses doigts, Geddo égrène les grosses perles d'un chapelet ; ses doigts connaissent par cœur ce collier.

Quand il fait ce geste, je me demande ce qu'il se dit.

Un jour il m'a confié qu'il récitait des poésies.

« C'est pour calmer les choses, m'a-t-il dit. Parce que les choses s'apaisent au son de la poésie… Ou alors elles se réveillent et se mettent doucement à rire… »

19

J'avance tout doucement vers lui et lui tends mon visage pour qu'il le prenne dans ses mains pleines de vieux plis comme un nid. J'adore vraiment ce grand-père, et la chaleur de ses mains très douces me remplit.

Il me demande si, par bonheur, je viens lui tenir compagnie…

J'aimerais tellement lui dire « Oui ! ».

– Non Geddo, je viens aider Téta pour l'anniversaire de Khalo Bachir ! Elle a appelé ce matin ; c'est elle qui m'a fait venir !

– Ah cette Téta, elle exagère ! s'exclame-t-il. Elle n'a pas besoin de toi ! Qu'en penses-tu, si tu te cachais sous mon lit ?

Je souris de la plaisanterie. C'est alors que Téta surgit !

– *Yaané*, figure-toi Joseph que Georges a voulu rouler Joumana en lui donnant une mauvaise pastèque ! Mais crois-moi, je ne me suis pas laissé faire !

– Oui, je te crois, répond calmement Joseph qui connaît bien le caractère de sa femme ; il l'a épousée ainsi.

En fait, l'agitation des hommes ne l'atteint pas. Elle reste à distance de lui. C'est comme s'il était une île.

– *Yalla* Joumana, on a plein de choses à faire ! Dépêche-toi ! dit ma grand-mère.

D'un léger signe de la tête, Geddo m'invite à la suivre.

20

Téta avance comme un général ; je la suis en marchant au pas. Avec elle, il y a toujours des hostilités : la guerre est toujours déclarée !

On quitte le beau côté de la maison pour s'enfoncer vers la cuisine du vieux palais. Là, tout est sans confort et mystérieux. Le sol n'est plus de marbre, il se transforme en dalles de pierre. C'est le domaine de ma grand-mère et elle le connaît par cœur ! Les yeux fermés, elle pourrait s'y orienter comme une vieille chauve-souris... C'est ici qu'elle plume les poulets, qu'elle les tranche, qu'elle les hache, et qu'elle finit par les cuire.

21

Dans la cuisine pour l'instant tout est propre et bien rangé ; les casseroles et les couteaux sont cachés… Mais les planches et la table en bois portent les traces de certains combats passés. Téta se dirige vers le lavabo et elle tourne le robinet. Les tuyaux se mettent à hurler.

– Prends un journal, me dit-elle, et étale-le, Joumana ! On va éplucher les légumes !

Les vieux journaux sont remisés derrière l'échelle qui monte mystérieusement au grenier.

Là-haut, les réserves sont alignées.

Théoriquement, je n'ai pas le droit d'y aller car, à certains endroits, le plancher n'est pas terminé ; il faut marcher sur des poutres.

Un jour il y a quelques années, les jumeaux m'y ont entraînée.

« Viens, Joumana ! Viens viens viens… On va monter… »

22

Déjà séparément Toufik et Tanios étaient espiègles, mais ensemble, c'était une calamité.

À peine me suis-je retrouvée là-haut qu'ils se sont enfuis et m'ont abandonnée…

C'est alors que j'ai vu les grands bocaux alignés… Des morceaux blanc pâle baignaient dans du liquide rouge sang !

En fait c'étaient seulement des navets qui trempaient dans du vinaigre, mais j'ai complètement paniqué !

J'ai voulu m'enfuir, mais mon pied a glissé, et ma jambe s'est retrouvée coincée entre les poutres comme dans une mâchoire en bois !

Je me suis mise à hurler !

Depuis le salon, mon père m'a entendue et m'a rapidement trouvée… Puis il m'a décoincée et m'a ramenée près des autres.

Mais là, au lieu de me consoler, ma grand-mère m'a roulé deux gros yeux exorbités et ma mère m'a attrapée et m'a donné une raclée !

Pleine de ces souvenirs, je prends le journal au-dessus de la pile et le déplie sur la table.

Dans ce pays, l'enfance des garçons n'a rien à voir avec celle des filles. On devrait dénoncer cette injustice dans le journal ! Si j'étais journaliste, je crois que je l'écrirais en gros titre.

23

Téta frotte les courgettes sous le filet d'eau comme si elles étaient vivantes et qu'il fallait les mater. Elle s'énerve :

– Dépêche-toi, Joumana, donne-moi la bassine qui est là-bas !

Deux heures durant, je la regarde s'agiter.

De temps en temps, elle me demande de lui donner un bol, une fourchette ou une cuillère... Parfois je lave un couteau. Sinon, je suis debout comme un piquet. C'est pire qu'à la messe du dimanche où on peut s'asseoir de temps en temps, quand on y est invité.

Téta parle toute seule comme une vieille araignée. Elle tisse sa toile, et moi je ne peux plus bouger ; je me sens emprisonnée.

Dans la cuisine, il y a une porte-fenêtre. Elle donne sur une étroite allée dallée, qui mène sur la partie sauvage du jardin où les adultes ne vont jamais. C'est dans cette allée que Téta a installé la grande poubelle en fer, car les saletés restent dehors ; dans la maison, elle ne veut pas les garder. Et la nuit, à cause des chats, elle pose dessus une grosse pierre...

Car Téta se méfie des chats… Ce sont les messagers du diable… Leur présence chasse les bons esprits ; il faut surtout les éviter.

24

Donc, de tout mon cœur dans la cuisine, j'essaie de rester concentrée… Mais c'est plus fort que moi : je meurs d'envie de me sauver et de pousser la grosse pierre ! C'est trop rangé dans le monde de ma grand-mère ! Je voudrais qu'une horde de chats sauvages arrive et qu'ils envahissent partout !

Alors, sans que je m'en rende compte, mon regard s'envole par la porte-fenêtre, mais Téta le voit tout de suite !

Elle me rattrape avec sa voix et me saute dessus :

– Malheureuse !

Puis elle me sermonne comme si elle me tirait les oreilles : Tu dois regarder chacun de mes gestes, sinon tu ne sauras rien faire ! On n'apprend pas quand on ne voit pas, et après comment feras-tu si tu ne sais pas évider les courgettes ?

Je ne réponds pas pour ne pas alimenter le moulin. Mais la langue de ma grand-mère est plus rapide qu'une vipère, et là, elle est partie au galop !

– Chacun à son tour porte le savoir, Joumana, et un jour, toi aussi tu devras le transmettre. Tu ne veux quand même pas être la fille honteuse qui aura perdu les recettes ! Sache qu'il n'y a rien à voir dehors pour les filles ! Les femmes s'occupent de la maison et elles nourrissent leur mari. Prends exemple sur moi et sur ton Geddo Joseph ! Ça fait cinquante ans que je lui prépare ses repas et, malgré son grand âge, il se porte encore très bien ! Regarde, quand tu piles l'ail, tu dois enlever le germe ; c'est lui qui est indigeste. Et le riz doit tremper longtemps dans l'eau claire !

Puis, pour me punir d'avoir voulu m'évader, elle me donne à faire la vaisselle ! Tant mieux, ça va m'occuper les mains.

Je rassemble les plats, les assiettes et les couverts, et je tourne le robinet… Les tuyaux se mettent à hurler.

– Arrête, tu tires trop d'eau ! s'énerve à nouveau ma grand-mère. Bon, sors dehors puisque tu ne tiens pas en place ! Mais ne te salis pas et reviens rapidement ; je ne veux pas avoir à venir te chercher !

25

Il y a toutes sortes de grand-mères. Il y en a des douces, un peu grosses et qui sont pleines de tendresse. La mienne est superstitieuse, elle est maigre et toujours en colère. D'ailleurs, pour essayer de se calmer elle fume des cigarettes sans arrêt. Un incendie brûle dans son corps ; elle crache sans cesse de la fumée. Mais, comme dit mon Geddo Joseph, son cœur est grand quand même, et on peut s'y baigner…

En fait, elle crie pour qu'on grandisse bien et qu'on mette toutes les chances de notre côté. C'est sa façon de s'exprimer.

Je pose doucement l'éponge et m'enfuis sans discuter.

Moi, si j'étais un animal, je serais sûrement un chat. Ainsi, j'énerverais ma Téta… De mes yeux jaunes, je la regarderais pendant des heures comme un sphinx depuis le bord de la fenêtre ; ça la rendrait complètement folle !

Et, dans l'obscurité, je pousserais la grosse pierre posée sur la poubelle en fer et ferais tomber le couvercle ! Et, au cœur de la nuit noire, DILONG DILONG, ça ferait des bruits de cymbales !

26

J'ai une gentille chatte chez moi. Elle venait de naître quand elle est arrivée chez nous. C'est mon père qui l'a rapportée. Un de ses amis français, installé aussi au Liban, venait d'avoir une portée et il voulait la noyer. Alors mon père a décidé d'en sauver un, et il a pris le plus petit. En fait c'était une petite…

Au début ma mère ne voulait pas qu'on la garde. Elle avait déclaré qu'on la mettrait dehors dès qu'elle pourrait se débrouiller. À cause de ma grand-mère, elle avait des préjugés. Mais, les soirs où mon père rentrait tard, c'est elle qui la nourrissait à l'aide du biberon d'une de mes poupées, et elle s'y est attachée…

Depuis, au rez-de-chaussée de la rue Abdel-Wahab-el-Inglizi, une petite chatte vit avec nous… On l'a appelée Toupie.

Elle rentre et sort de la maison à son gré.

Le jour et la nuit, elle en fait le tour sans bruit.

C'est une petite chatte très libre ! Je sais qu'elle a des pensées…

27

Donc, je laisse en plan la vaisselle et m'enfuis sans discuter.

Le jardin a deux côtés. L'un est clair et entretenu à souhait avec une très belle fontaine, et l'autre, envahi par les hautes herbes, cache une balançoire en bois.

Je soulève ma robe pour ne pas la tacher et puis je m'y assois.

Pourquoi les garçons et les filles n'ont-ils pas la même vie au moins quand ils sont petits ?

Il y a un an, à ce sujet, j'ai interrogé Nouhad, la surveillante de l'école. Elle a pris son temps pour me répondre. Elle s'est assise près de moi.

– En gros, m'a-t-elle expliqué, l'enfance sert à préparer la vie future, et la vie d'un homme est plus difficile que celle d'une femme. Car, adulte, c'est l'homme qui devra travailler pour nourrir sa famille. Alors, petit, on doit le laisser tranquille. Il doit pouvoir beaucoup s'amuser. Il doit apprendre à se battre ! Il faut qu'il se sente un roi ! La femme quant à elle est là pour l'honorer et le servir. Car plus tard, c'est lui qui prendra soin d'elle ; elle lui sera redevable. Alors, dès petite, elle doit s'entraîner à cette tâche…

Silencieusement, je l'ai écoutée parler ; j'avais envie de comprendre. Mais ça ne correspondait pas à ce que je voyais chez moi.

C'est vrai, à la maison, j'avais l'impression que ma mère prenait autant soin de mon père que mon père prenait soin d'elle. Alors pourquoi, petite, n'avait-elle pas pu s'amuser autant que lui ?

En fait, on avait beau essayer de la justifier par toutes sortes d'arguments, cette injustice me déplaisait, c'était plus fort que moi.

28

Même si on attache les cheveux longs des filles, on ne peut pas les empêcher de sentir le vent passer sous leurs robes… C'est une sensation très douce… On se sent soudain légère ; on a envie de voler !

Alors, les mains jetées vers le ciel, je danse au milieu des herbes, quand au loin, j'aperçois Geddo Joseph…

En arrêt à sa fenêtre, il contemple le grand ciel…

De son index, en silence, il me fait signe d'approcher…

29

Sans regret, je quitte le côté sauvage du jardin et cours vers l'escalier en pierre de la véranda. Mais à peine suis-je dans la chambre de mon grand-père que déjà, dans le lointain, s'élève la voix de ma grand-mère :

– Joumana ! Joumana !

Ses pas ratissent le jardin.

– Joseph, est-ce que tu as vu Joumana ?

Discrètement, Geddo me fait signe de me taire et lui-même ne répond pas…

Ça fait longtemps qu'il ne répond plus aux cris de sa femme.

D'ailleurs, en règle générale, il ne répond jamais aux cris. Ses vieilles oreilles les filtrent ; elles ne veulent plus les entendre.

Mais moi, je n'en mène pas large…

Je fixe la porte, pétrifiée… Téta va bientôt arriver…

Alors, toujours sans se départir de son calme, Geddo Joseph me sourit et, pour la deuxième fois aujourd'hui, me fait signe de me cacher sous son lit…

D'étonnement, mes grands yeux bruns s'écarquillent.

– Elle nous embête, laisse-la crier ! Descends et cache-toi tout de suite !

30

Ce n'est pas sale sous le lit de mon grand-père, car une bonne vient une fois par semaine et lave la maison à grande eau. Mais ma robe est claire et je crains quand même les représailles de ma grand-mère parce que le blanc va se ternir. Toutefois, la situation est drôle et j'ai soudain envie de rire.

Mais ça y est, la porte s'ouvre et Téta surgit dans la chambre !

Je vois ses pantoufles et le début de ses jambes.

– Où est-elle, Joseph ? Est-ce que tu as vu Joumana ?

– Non, répond Joseph, mais à sa place, je serais parti aussi ! Ce n'est pas drôle de rester debout toute la matinée à regarder une vieille et à écouter ses sornettes. Elle n'a que neuf ans et demi !

– Tais-toi, Joseph ! Tu sais que c'est pour son bien ; elle doit apprendre la vie !

– Non, répond calmement Joseph. On t'a fait subir ça quand tu étais petite, alors, à ton tour, tu veux le faire subir aussi. Mais le monde rit quand les enfants rient ! À part à l'école, ils ne sont pas là pour travailler ! Si tu veux tout savoir, je l'ai vue tout à l'heure qui dansait dans le jardin, et mon vieux cœur s'est mis à danser avec elle ! Alors arrête, Soraya, de vouloir la faire marcher sur la Terre ! Tu ne vois pas que cette petite fille vient du ciel ? Laisse-la voler !

– Oui c'est ça, tu deviens sensible, Joseph ; c'est la vieillesse ! clame ma grand-mère. Mais dis-moi où elle danse maintenant.

– Je ne sais pas, répond mon grand-père, mais si tu la trouves, envoie-la-moi que je lui donne du chocolat. Les filles sont sur la Terre pour danser et pour manger du chocolat…

– Oui c'est ça, repose-toi, dit ma grand-mère en quittant la pièce.

Et je n'ai pas besoin de la voir pour savoir qu'elle est énervée et qu'elle lève les yeux au ciel !

31

Aussitôt que ses pantoufles ont quitté le sol de la chambre de mon grand-père et que la porte est refermée, je m'extirpe de ma cachette.

Mon grand-père Joseph se lève et, à pas lents comme un vieil arbre, il rejoint l'armoire en bois.

Elle a une odeur tout à fait particulière, cette armoire, et il est le seul à avoir le droit de l'ouvrir.

Je prends une plaque de chocolat et, pour ne pas me couper l'appétit, je la glisse dans ma poche car l'heure du déjeuner approche.

Geddo me prend les épaules.

– Pour l'instant, tu es une princesse, Joumana, et un jour tu seras une reine ! Ne laisse personne te laisser croire le contraire ! Crois ton vieux grand-père Joseph... Les filles sont les ruisseaux de la Terre. Elles sont là pour la faire danser ! Et maintenant, arrange ta robe et donne-moi ma canne qui est là-bas ! On va sortir de ma chambre ensemble... On va retrouver ta grand-mère.

À cette époque, mon Geddo Joseph ne sortait plus que très rarement de sa chambre, et Téta a été surprise de le voir…

Debout près de moi, il se tenait comme un garde ! J'étais sous sa protection.

Alors, bien que j'aie trop traîné à son goût dans le jardin, et malgré l'état de ma robe, elle a retenu sa langue de vipère et elle est restée muette… Alors, on a repris les préparatifs de la fête et, le soir, un festin trônait sur la table !

Téta et Geddo Joseph étaient tellement fiers de leur progéniture, et de la progéniture de leur progéniture !… Vraiment, le coq et la poule avaient bien travaillé ! Ils avaient mis au monde beaucoup de beaux poussins qui étaient en très bonne santé !

Et puis le temps a passé…

On dit parfois que les jours se suivent et se ressemblent, et c'est vrai, et c'est peut-être ça le bonheur…

Mais hélas, souvent, on ne le sait pas au moment où on le vit, et quand on le comprend, c'est trop tard parce que les choses ont changé.

Deux ans plus tard, en 1975, la guerre éclate dans mon pays, mais malgré l'insécurité, mes parents décident de ne pas s'en aller.

Ils disent merde à la guerre ! Ils disent qu'elle ne les aura pas !

Ils disent des vendeurs d'armes et des jeteurs de bombes que ce sont tous des enculés !

Alors, avec les voisins, on s'organise. On aménage la cave de l'immeuble de la rue Abdel-Wahab-el-Inglizi.

On descend des matelas, on engrange des provisions et on entasse des bougies. La peur est notre pire ennemie. Alors, quand ça barde, les vieux font des parties de tric-trac, les femmes des parties de cartes, et à moi et aux enfants de l'immeuble, mon père raconte des histoires de princesses et de ramoneurs, de Peter Pan et de Mowgli…

Il faut bien tromper l'ennemi.

Mais, quinze mois plus tard, une nuit, une bombe un peu plus sournoise que les autres tombe en plein sur le toit de notre immeuble. Je ne me souviens pas vraiment de ma peur, mais surtout de celle de ma mère. Elle a piqué une crise de nerfs !

Alors, à l'aube, lorsque le calme est revenu, le grand silence après le cataclysme, elle s'est soudain levée et nous a annoncé qu'elle montait faire les valises.

– Ah ? s'est étonné mon père, alors maintenant, tu veux partir ?

Elle a hurlé :

– Qu'est-ce que tu crois ? Bien sûr que je veux partir ! Il n'y a même plus à se poser la question !

En somme, pendant presque un an et demi, ils avaient dit qu'ils s'en fichaient de la guerre, qu'elle ne gagnerait pas, qu'ils resteraient à tout prix !

Mais là, coup de théâtre, il fallait partir tout de suite !

Alors, avec mon père, on l'a suivie… La décision était prise. Mais moi, aussi bizarre que ça paraisse, à ce moment-là, je n'avais plus qu'une seule pensée : est-ce qu'on allait emmener Toupie ?

Ma mère s'est remise à crier :

– Quoi ? Une bombe est tombée sur le toit cette nuit, on aurait pu tous mourir, et toi tu penses au chat !

Moi qui ne pleure pas souvent, je me suis mise à trembler de la tête aux pieds, puis mes nerfs aussi ont craqué : je me suis mise à hurler !

Mon père a pris mon visage.

– Joumana, on ne peut pas emmener Toupie ; c'est impossible, ma chérie ! Mais bien sûr, on ne va pas la laisser ici. Alors, va la chercher tout de suite ; on va la confier à tes grands-parents.

Deuxième partie

Le cri

1

Maintenant, nous sommes très tôt un mardi. J'ai douze ans et demi presque treize et, au lieu d'être encore dans mon lit au rez-de-chaussée de la rue Abdel-Wahab-el-Inglizi, je cherche partout ma Toupie.

Elle n'est pas dans ma chambre, ni dans celle de mes parents, ni sur le tabouret posé sous l'escalier du grenier où elle aime bien se reposer sur le coussin que je lui ai mis.

Mon cœur bat à toute allure ; j'espère qu'elle n'est pas sortie… Sinon mes parents ne voudront pas qu'on l'attende et, à son retour, la maison sera fermée, et nous, nous serons partis.

Finalement, je la trouve dans le grenier derrière les sacs de sucre et les réserves de farine.

2

Je tends mes bras vers elle :

– Viens Toupie…

Et, à cause de la bombe qui est tombée, je suis surprise qu'elle ne soit pas terrifiée… Mais, avec calme, elle se laisse prendre gentiment. Forcément, elle nous fait confiance depuis le temps qu'elle vit ici.

Et puis, on s'est souvent parlé toutes les deux, moi en humain et elle en chat, et elle a même dormi quelques nuits tout contre moi dans mon lit.

Je lui explique :

– C'est vraiment la guerre maintenant, alors on va partir, mais on ne peut pas t'emmener, Toupie ! C'est beaucoup trop difficile !

Je la caresse et elle ronronne – je crois qu'elle ne comprend rien. Je la descends dans mes bras.

Au pied de l'escalier, mon père nous attend avec le panier de plage. Il peut se fermer grâce à une fermeture éclair. Normalement, on y met les serviettes et l'huile solaire, et quand on le prend, c'est signe qu'on va passer un bon moment. Mais aujourd'hui c'est différent.

On installe Toupie dedans en laissant sortir sa tête. Elle se demande ce qui lui arrive. On ne l'a jamais transportée dans quoi que ce soit jusqu'ici.

3

En fait, Toupie est une chatte vagabonde et, même si elle a une maison, elle est bien plus sauvage que domestique. Elle sort dans le quartier comme elle veut, n'est pas tatouée, n'a pas été vaccinée, n'a jamais mangé de Sheba. Ça, ce sont des habitudes de chats gâtés européens.

Chez nous les chats comme les oiseaux dorment dehors.

Leur moquette est faite d'herbe et de terre ; ils marchent dans la poussière, s'abritent sous les gouttières et sont ébouriffés par le vent.

Disons que Toupie est entrée par accident dans notre maison libanaise, et que la porte de celle-ci lui est restée ouverte à cause du regard occidental de mon père sur les animaux domestiques et parce que entre nous des liens étroits se sont tissés : des liens plus grands que l'amitié ! C'est une des choses qui peuvent arriver quand on a un père étranger.

Donc maintenant, Toupie est dans le panier.

Quand elle comprend qu'on va s'en aller, ma mère essaie de nous en empêcher, car le quartier vient à peine d'être bombardé.

– Justement, répond mon père, il ne le sera plus tout de suite. Viens, Joumana, c'est important : on va s'occuper de Toupie.

4

En temps de guerre, il n'y a pas que le danger des bombes qui tombent du ciel, il y a aussi celui des balles tirées par les francs-tireurs. Planqués sur les toits, ils tirent sur les gens qui passent. De ce qu'on sait, deux d'entre eux sévissent dans le quartier.

Pour que Toupie ait moins peur, mon père la plonge dans le panier qu'il referme entièrement.

Il essaie de me rassurer :

– Ma chérie, je sais où ils sont cachés. Ils ne nous verront pas. On va courir en longeant les murs…

5

Avant, pour aller à pied chez mes grands-parents, on avait deux possibilités : soit on prenait la rue par la droite, soit on la prenait par la gauche.

Aucun chemin n'était plus long ; ce qui différait, c'étaient les magasins devant lesquels on passait.

Mais, maintenant, une milice armée s'est installée d'un côté. Alors, pour l'éviter, on n'a plus le choix : on doit passer par la gauche.

6

Mon père attrape ma main et démarre. On rase les murs comme s'il pleuvait. Je serre fort l'anse du panier. Je n'ai plus qu'une seule pensée : je voudrais qu'on soit arrivés.

Passé l'angle de la rue, pour reprendre notre souffle, on fait une halte devant l'antiquaire devant lequel, avant la guerre, j'aimais tellement m'arrêter…

Mais, à cause des événements, il a fermé ; sa vitrine a été vidée.

Alors, il n'y a plus la lampe à huile d'Aladin…

Elle a sûrement été remisée au fond d'une caisse, dans un sous-sol ou dans un coin, où elle va dormir des années…

7

Ça fait longtemps que les marchands ambulants ne viennent plus dans notre rue. Le jour, la vie se cache dans les maisons dont les volets restent fermés, et la nuit, les étoiles n'arrivent plus à nous rassurer. On ne les voit plus depuis les caves ; on s'en est trop éloignés.

Comme deux fous, on débouche dans la rue Georges-Zaïdan, ou comme deux évadés. On est tout essoufflés. Je ne sens plus ma main tellement mon père me l'a serrée.

8

Il n'y a pas de cave dans l'immeuble de mes grands-parents, mais il y en a une dans l'immeuble d'à côté. Mais, même quand les bombardements sont intenses, Geddo refuse d'y aller. Il dit que, quand son heure viendra, il partira la tête haute ; il ne veut pas se replier.

Alors, malgré sa peur, ma grand-mère reste avec lui, car il y a cinquante années, leurs vies se sont épousées.

On monte les quelques marches en pierre. Mon père frappe au lieu de sonner.

9

Un furètement se fait entendre derrière la porte. C'est sûrement Téta Souris… Inquiète, elle demande qui c'est.

– C'est Pierre et Joumana, ne t'inquiète pas ! répond mon père.

Mais c'est trop tard, le mal est fait. Téta nous ouvre, affolée !

En nous voyant sans ma mère, elle croit tout de suite que quelque chose s'est passé !

– Non Soraya, Noura va bien, mais l'immeuble a été touché, et nous allons nous en aller. Alors, on vous apporte le chat…

– Le chat !

Téta se met à hurler.

10

Une discussion animée s'engage entre Téta et mon père.

Le ton monte.

Mon père, Pierre Laroche, qui ne parle pas l'arabe, essaie de la convaincre en français, mais Téta réplique en arabe.

C'est un langage de sourds ! Je serre contre moi le panier. J'ai très envie de pleurer…

Franchement, on ne peut pas déposer Toupie ici. Pour elle, ce serait bien pire que la guerre ! Téta va lui faire l'enfer !

Mais tout à coup, la porte de la chambre de mon grand-père s'ouvre, et Geddo est sur le palier…

11

Surpris dans leur dispute, Téta et mon père se taisent.

Geddo demande la cause de ces cris. Pour ma part, je suis interdite, car on l'a fait quitter son île.

– C'est le chat ! bondit Téta. Ils veulent qu'on prenne leur chat ! Dis-leur, Joseph, que c'est hors de question !

D'un regard, Geddo analyse la scène : moi tenant contre mon cœur le panier, et mon père déterminé.

– Pierre, dois-je comprendre que vous partez ?

Mon père acquiesce et raconte ce qui s'est passé.

Téta recommence à crier :

– Ils vont tous nous tuer ! Mais moi vivante, aucun chat ne rentrera dans cette maison, c'est juré !

La colère saisit mon grand-père. Il semble devenir encore bien plus grand qu'il n'est.

– AU NOM DU CIEL, ASSIEDS-TOI, SORAYA, ET TAIS-TOI IMMÉDIATEMENT !

Puis il pointe la table du doigt et me demande de déposer le panier.

Je lui obéis. C'est la première fois qu'il crie…

Bien qu'enfermée, Toupie ne bronche pas non plus.

Alors il rejoint la table et, comme un arbre qui va craquer, il se penche et fait glisser la fermeture du panier…

La tête de ma Toupie apparaît.

12

Le diable ne voit pas par les yeux des chats ; ça, ce sont des mensonges de grand-mères !

Geddo passe sa main sur le dos de la petite bête.

Toupie a quelques taches rousses ou brunes, mais sa couleur dominante est le blanc. Un blanc aussi lumineux que la neige sur les sommets de la montagne des cèdres.

– Sois la bienvenue dans cette maison, Toupie, lui dit mon grand-père Joseph. Aussi longtemps que ma petite-fille Joumana sera loin, cet endroit sera le tien…

Alors, en larmes, je me jette contre mon grand-père ! Maintenant c'est moi qu'il caresse.

– Ne t'inquiète pas, ma chérie, me dit-il. Nous la choierons comme si elle était toi. Tu peux compter sur moi et aussi sur ta Téta. Dans le fond, tu sais comme elle est gentille…

C'est vrai, je le sais, mais pour être rassurée, j'ai besoin qu'elle me le dise ! Parce que c'est elle qui fait tourner la maison ! Comment dire ?

En fait, depuis la fenêtre de son jardin, Geddo Joseph s'occupe du ciel…

Quelles que soient les circonstances et la guerre, il s'arrange pour le voir toujours en bleu.

C'est important, par tous les temps, que certains voient toujours le bleu !

Et Téta, elle, elle s'occupe du matériel... Alors je me tourne vers elle...

Elle s'est assise comme le lui a ordonné Joseph, et maintenant c'est elle qui pleure...

Je me jette à ses pieds.

– Tu vas voir comme elle est gentille, Téta ! Elle est discrète et très propre ! Tu auras juste à la nourrir quelquefois ! Sa présence, tu ne la sentiras même pas ! Je t'assure, elle ne te dérangera pas !

Alors, elle s'essuie les yeux.

– Je ne pleure pas pour ça *hayété*! Excuse-moi de t'avoir dit non. Bien sûr qu'on va s'en occuper ! Mais Pierre, où allez-vous partir ? Comment aura-t-on des nouvelles ?

13

La crise surmontée, quelques minutes plus tard, mon père annonce qu'on va s'en aller, mais Geddo l'arrête d'un geste. Il dit avoir quelque chose d'important à me donner, et c'est le moment de le faire.

J'emboîte le pas de mon grand-père. Chaque pas qu'il fait prend une éternité.

Nous rejoignons l'armoire en bois, mais j'ai l'intuition que ce n'est pas pour me donner du chocolat…

Effectivement, il attrape une boîte en l'air et la dépose entre mes mains…

Ce n'est pas une boîte ordinaire ; elle vient du ciel ; c'est plein d'amour dans les gestes…

Je m'assois sur le lit et l'ouvre sur le côté. Elle contient un objet entouré de papier… Mon cœur s'arrête quand je comprends ce que c'est ! La lampe à huile d'Aladin !

Celle de la vitrine de l'antiquaire !

Celle qui m'a fait tant rêver !

Mon grand-père se penche sur moi.

– C'est bien la lampe dont tu m'avais parlé ?

Je suis muette de surprise ; je fais oui de la tête… C'était avant le début de la guerre, mais je l'avais vraiment à peine évoquée…

Et comment est-il allé la chercher ?

Comme il le fait chaque fois que je viens le voir, Geddo prend mon visage dans ses mains.

– On va bientôt rejoindre ton père, mais avant, ma chérie, laisse-moi te dire quelque chose… Il n'y a pas plus de génie dans cette lampe qu'il n'y en avait un dans la lampe à huile d'Aladin ! Mais, si je te l'offre, c'est pour te rappeler que le génie est en toi ! Même dans les moments les plus sombres de la vie, on peut toujours allumer une bougie ! Est-ce qu'on t'a déjà dit ça, Joumana ? Ça s'appelle entretenir l'espoir, ma chérie !… L'espoir et la foi qu'on a dans les hommes ! Car, même si parfois ils sont petits et misérables, ils savent aussi être très grands et très charitables ! Alors maintenant tu vas partir, mais, avec cette lampe, je suis tranquille ; je sais que tu n'oublieras pas les mots que je t'ai dits… Deviens celle que tu es, ma chérie, et pas celle que les autres ont envie que tu sois ! Ne te laisse pas transformer ! Tu es ma petite-fille Joumana et un jour tu seras une reine ! Est-ce que je peux compter sur toi ?

Je fais oui de la tête, alors Geddo me serre dans ses bras… Puis il reprend mon visage.

– J'aurais voulu te dire encore tellement de choses, ma chérie, mais je ne vais pas pouvoir…

Alors il ouvre un livre, et du cœur de celui-ci, sort une coupure de journal.

– Tu liras cet article en France, quand tu seras

là-bas. Ce sont des paroles du poète Khalil Gibran…

Je m'apprête à lui dire que je sais qui c'est ! Il est né à Bcharré, au Liban, dans la montagne chrétienne en 1883 ! À l'école, on nous en a parlé ! Mais hélas le temps presse ; ce n'est plus l'heure des bavardages.

Et c'est ainsi qu'on leur a dit au revoir et qu'on les a encore serrés… Mon grand-père Joseph Boustani, qui était parti de rien, mais qui avait fait du commerce de savons et de soieries, et qui avait réussi. Il était grand même assis ! Personne ne lui arrive à la cheville ! Et ma grand-mère Téta Souris…

Ensuite, ils nous ont regardés descendre les marches en pierre de l'escalier. Peut-être savaient-ils que c'était la dernière fois qu'ils me voyaient, mais moi, pas un instant je n'avais pu l'imaginer.

Troisième partie

Le départ

1

Donc, deux jours plus tard, un jeudi, j'ai toujours douze ans et demi presque treize, quand on prend place dans un avion de la compagnie Middle East et qu'on quitte le tarmac.

Nous sommes au début de l'année 1976 et, pour la première fois je vais monter dans le ciel, mais je ne le vis pas comme une joie.

Pour dédramatiser, mon père annonce que nous partons pour PARIS !

Le Sacré-Cœur ! La tour Eiffel ! Les Champs-Élysées ! La Seine !

Mais moi, tout ce que je vois, c'est que nous quittons notre pays.

Nous avons seulement deux valises et, plus terrifiant, ma mère a l'air encore plus perdue que moi.

2

À Roissy, nous sommes attendus par des cousins de notre famille française que je ne connais pas. Ils nous logent le temps de trouver un appartement, puis nous emménageons au Chesnay, en bordure de Versailles.

C'est une petite ville à une demi-heure de Paris où, soit dit en passant, nous n'allons presque jamais. Car, après avoir donné la caution pour la location de l'appartement et avoir acheté une voiture et quelques meubles pour la maison, nous avons épuisé nos réserves.

Maintenant, nous devons vivre à l'économie, car pour l'instant, en France, mon père n'a pas de travail.

3

J'entre en cours d'année en 5e B au collège Lavoisier. L'école est gratuite ici à la différence de la plupart des bonnes écoles au Liban. C'est une chance, sinon je ne pourrais pas y aller, car mon père ne pourrait pas la payer.

C'est la journée la plus difficile de ma vie. Dans la classe, les yeux sont rivés sur moi.

Le professeur me demande de me présenter.

« Joumana Laroche », c'est tout ce que je peux ânonner.

Il explique que je viens d'un pays en guerre et que nous sommes des réfugiés. C'est une présentation très fausse et très misérable. Car, avant d'être abîmé par la guerre, mon pays était superbe ! Alors, franchement, j'aurais préféré qu'il parle de la beauté de la montagne des cèdres ou des ruines de Baalbek, la grande et belle cité phénicienne d'autrefois.

Ou, il aurait pu citer les paroles de Khalil Gibran… Maintenant je connais par cœur les mots de la coupure du journal.

Mais de ces mots, hélas, je ne dis rien à la classe.

Je me sens trop vide pour parler. Mes forces sont restées de l'autre côté de la Méditerranée.

Elles sont au Liban, là-bas. Elles ne sont pas encore venues avec moi.

4

J'ai l'autorisation de rejoindre ma place et le premier cours commence.

Ce qui me frappe tout de suite, c'est que les élèves ne portent pas d'uniformes et que presque toutes les filles ont les cheveux sur le dos. Par rapport à chez nous, il y a manifestement beaucoup plus de libertés.

Tous et toutes prennent la parole facilement. On semble accorder moins d'importance à la discipline ; on semble moins travailler.

Et, alors que pendant un an je n'ai pas été scolarisée parce que les rues de Beyrouth n'étaient plus sûres et que les écoles étaient fermées, j'arrive à suivre dans cette classe de 5e B sans presque aucune difficulté.

5

Mais curieusement, malgré mes revendications d'égalité et de cheveux lâchés, ce vent de liberté ne me fait pas du tout plaisir.

Je me sens étrangère ici, et vis mal qu'on soit les seuls de notre famille à nous être mis à l'abri. Je préférerais être serrée contre les autres dans les caves et sous les bombardements.

Je pense sans cesse à Khalo Bachir et à ma tante Jacqueline, sa femme.

Je pense à Geddo Joseph derrière le ciel de sa fenêtre, et je pense à ma Téta Souris… Comment vit-elle avec Toupie ? Est-ce que ma chatte s'en va souvent ? Est-ce qu'elle revient dormir la nuit ?

Et puis je pense à mes cousins : l'aîné Nabil qui est le plus fier et qui dit qu'il fera honneur à la famille et qu'il sera aussi grand que notre Geddo Joseph qui mesure deux mètres dix… Et Youssef, son frère cadet que je préfère, car lui ce n'est pas la fierté qui l'habite. Ce qui le caractérise, c'est plutôt d'être sensible.

En fait, en France, je suis dans mes petits souliers, perdue dans un pays étranger, le cœur là-bas, le corps ici.

6

Néanmoins, pour ne pas me distinguer et pour me faire adopter, je me comporte rapidement comme la majorité des élèves de la classe de 5e B.

Alors, non seulement je travaille moins, je me repose sur mes lauriers, mais surtout, désormais, je ne veux plus entendre parler de ma tresse !

Au début, ma mère me combat à ce sujet, mais mon père lui dit de me laisser tranquille.

Selon lui, pour moi, c'est déjà assez difficile.

7

Alors, je change pour me faire plus facilement des amies, et dans certains cours, je prends la parole malgré ma timidité. Mais ce n'est pas le signe que je vais bien et que j'essaie de m'intégrer. C'est le signe que je ne suis plus moi-même et que je ferais tout, même des bêtises, pour me faire accepter.

Ainsi, dans certains contrôles, je fais exprès de me tromper pour éviter de dépasser les premiers, et, dans la cour de récréation, aux filles qui s'intéressent à moi, je dis des choses que je ne pense pas, juste pour être leur alliée.

De plus, il y a dans la classe un autre Libanais qui est également réfugié.

Ses pantalons sont trop courts et la guerre l'a fragilisé. Je refuse de lui ressembler.

Alors, je le fuis pour ne pas qu'on nous associe, et, intérieurement, je me moque de lui au lieu d'être gentille et de faire preuve de solidarité.

8

La mode commence à me préoccuper. Pour gagner un peu d'argent, je fais du baby-sitting.

Il ne me suffit plus d'être propre sur moi et tirée à quatre épingles comme ma mère et ma grand-mère me l'ont toujours enseigné. Je veux m'habiller à la mode européenne comme toutes les filles de ma classe.

Alors, j'économise pour m'acheter des pantalons très serrés, même si ma mère m'affirme que ce n'est pas bon pour la circulation du sang, et, ainsi de suite, comme sur une légère pente qui glisse, je m'éloigne un peu de celle que j'étais.

9

Puis les semaines passent et, ne trouvant pas de travail en France qui corresponde à sa spécialité, mon père décide de retourner travailler au Liban. Il repart donc tout seul, et de temps en temps, quand c'est possible, il nous envoie de l'argent.

Pour ne plus m'inquiéter, et même pour oublier que je viens d'un pays étranger, je refuse désormais de regarder les journaux télévisés. Car il y est constamment question de la guerre du Liban, et ma mère m'énerve avec sa radio toujours allumée. Ainsi, je pense de moins en moins à ceux de mon quartier et aux gens de mon enfance que j'aimais, et, aux dernières nouvelles que j'ai moi-même décrétées, je suis surtout française par mon père, et à peine un peu libanaise par ma mère… D'ailleurs, d'elle je tiens seulement la texture de mes cheveux, et un peu ma couleur de peau… Ainsi donc j'affirme que je vis dans mon deuxième pays qui me convient tout à fait !

Premièrement, ici, on peut dormir le matin : il n'y a pas de marchands ambulants pour nous réveiller.

Deuxièmement, comme plus personne ne vient à l'improviste pour boire chez nous le café, on n'est pas interrompu à tout bout de champ dans ce qu'on fait ; du coup, on gagne beaucoup de temps.

Et enfin, troisièmement, s'il n'y a pas d'épiceries dans la résidence où on vit, ni de M. Georges pour nous demander où on va de si bon matin et comment est notre santé, eh bien on fait nos courses dans un centre commercial bien mieux approvisionné et les choix y sont beaucoup moins limités !

Bref, je me suis tellement persuadée que j'étais bien en France que j'en ai même oublié de regretter un peu ma vie au Liban, et ça, c'était le signe que quelque chose au fond de moi se trompait.

Quatrième partie

D'un autre côté de la Terre mais sous le même ciel étoilé

1

Maintenant, nous sommes très tôt un samedi.

J'ai quinze ans et demi presque seize, et dans ma chambre située au cinquième étage de la rue José-Maria-de-Heredia, même si je suis encore couchée, je ne dors pas. Pourtant, il n'y a presque pas de bruit dans la rue.

Tout à coup, le téléphone retentit !

Depuis que mon père est reparti, ma mère entretient une relation étrange avec cet appareil. Elle attend toujours qu'il sonne… Mais quand il sonne, elle sursaute, s'effraie et craint les mauvaises nouvelles.

2

Je me lève. Le temps d'arriver au salon, ma mère a décroché et elle parle.

Quand elle raccroche, son visage est décomposé.

Téta est morte de son cancer de la gorge. C'est vrai, depuis quelques mois, on la savait très malade. Forcément, à tant fumer ! Et puis, elle criait aussi beaucoup trop. Je suis envahie de sanglots.

3

Deux heures plus tard, nerveusement ma mère m'annonce qu'elle va devoir s'en aller. Elle n'a pas vu sa mère malade et ne l'a pas assistée, alors, elle doit au moins aller à son enterrement.

Nous sonnons chez notre voisine de palier : Tatiana Tanasyevitch est son nom.

Elle est veuve mais elle est toujours pimpante ! Pour cette raison, mon père l'appelle la veuve coquelicot. Chaque année, à Pâques, on lui apporte des gâteaux.

Car les traditions ne doivent pas être oubliées.

Selon ma mère, plus on est loin de chez soi, plus il faut les respecter.

Sinon, non seulement on a perdu son pays, mais en plus on a perdu son histoire. Résultat : on est deux fois dépouillé.

4

Vu l'heure matinale, Tatiana devine tout de suite que quelque chose s'est passé. Ma mère lui explique que sa mère vient de décéder et qu'elle doit rentrer par le premier avion.

Mais elle ne peut pas m'emmener, à cause de l'école que je ne peux pas manquer, et pour une question d'argent parce qu'on est un peu limités.

Tatiana propose de m'héberger pendant le temps de son absence. Elle dit que dans les deuils il faut s'aider et qu'on va sûrement bien s'entendre.

C'est ce que ma mère espérait mais, au risque de l'énerver, je précise que je préfère rester chez moi.

Tatiana me propose alors de partager ses repas et assure maman qu'elle gardera un œil sur moi.

On s'entend donc là-dessus, sauf pour le petit déjeuner. Pour si peu, ce n'est pas la peine de la déranger.

Puis ma mère prépare son bagage, appelle un taxi et s'en va.

5

Je me retrouve seule en France pour la première fois.

Des souvenirs montent à ma tête de mon pays et de ma vie d'autrefois.

Ils défilent les uns après les autres sur l'écran de ma mémoire, et ils me paraissent très beaux !

C'est comme s'ils revenaient de loin après un très long voyage… Ils sont indemnes, c'est un miracle ! La guerre et la distance ne les ont pas abîmés, et ils ne m'en veulent pas de les avoir, pendant un temps, oubliés.

En fait, tant que j'ai eu besoin de les mettre de côté, ils se sont tenus à carreau, mais à peine les ai-je rappelés qu'ils ont surgi aussitôt !

Je me revois debout dans la cuisine de ma grand-mère… Elle prépare le *kebbé*, les aubergines, et elle épluche les courgettes.

J'entends sa voix dans mes oreilles.

« Comment, tu ne veux pas être la fille honteuse qui aura perdu les recettes ? »

Mais, on sonne à la porte. C'est Tatiana.

6

J'essuie mes yeux, elle prend mes mains.

– Je venais voir si tu n'étais pas trop triste. Dans l'absence, les premières heures sont difficiles.

Je sens qu'elle sait de quoi elle parle.

Elle me dit quelques mots de feu son cher époux Barislav.

Il est mort cinq ans plus tôt ; ils s'étaient rencontrés sur la place Rouge à Moscou dans l'URSS d'autrefois.

Puis elle me demande l'autorisation d'entrer et me propose de passer un petit moment avec moi.

Quand j'étais petite au Liban, quand quelqu'un mourait, pendant une semaine, à son domicile, c'était un ballet incessant. Tous ceux qui connaissaient le mort venaient présenter leurs condoléances.

J'ai regardé ce mot dans le dictionnaire. Il vient du vieux verbe condouloir et signifie s'affliger avec quelqu'un.

En fait, on vient partager le chagrin pour qu'il soit plus léger, et ensuite la vie peut reprendre.

7

Tatiana et moi, on s'assoit. Elle me demande comment s'appelait ma grand-mère.

Je lui réponds :

– Soraya…

Puis j'embraye sur le fait qu'on l'appelait Téta Souris parce qu'elle était toute petite et qu'elle détestait les chats.

Et, de fil en aiguille, je lui raconte comment elle a pris Toupie malgré ses croyances de diable.

– Oh quelle preuve d'amour ! Comme c'est gentil ! dit Tatiana.

Je confirme :

– Oui, elle était réputée pour ses râleries, mais dans le fond elle était gentille ! C'est pourquoi, à quarante ans, mon Geddo Joseph l'a épousée entre trois !

– Oh si je l'avais connue, je l'aurais sûrement aimée ! affirme la veuve Tatiana.

Puis, tranquillement et avec tout son cœur, elle m'explique que la mort n'est pas la fin de la vie : c'est seulement le tour qui passe…

– Maintenant les dés sont dans tes mains. À toi de jouer avec les atouts que t'a donnés ta Téta ! Car, elle t'en a donné n'est-ce pas ?

Je souris :

– Oui, elle m'a donné des recettes !

– Des recettes ? Quelle chance ! Veux-tu en faire une chez moi ?

8

Téta faisait rarement des choses sucrées, sauf le riz au lait qui était son dessert préféré.

Je liste ce dont j'ai besoin : du riz rond, du sucre, du lait et de la fleur d'oranger.

Tatiana a tout sauf le dernier ingrédient.

Je le prends dans la cuisine en passant, et puis on sort de chez moi.

9

Si elles n'étaient pas séparées par des murs, nos cuisines se feraient face. Je dis à Tatiana que désormais je penserai à elle en faisant la vaisselle.

Sans arrêt, je remue le contenu de la casserole ; il ne faut pas que le riz colle ; c'est un peu traître, le lait. Puis je lui demande si elle va au cimetière de temps en temps sur la tombe de Barislav.

J'apprends ainsi qu'il n'est pas enterré en France mais que, pour lui parler, elle va à l'église quelquefois.

– Quand j'allume un cierge, me dit-elle, dans la lumière de la flamme, je le sens tout près de moi.

10

À Beyrouth, quand je quittais la rue Abdel-Wahab-el-Inglizi en prenant le chemin de droite, avant l'épicerie de M. Georges, il y avait une église bâtie sur un promontoire.

Avec mes parents, nous y allions le dimanche matin, et maman donnait un sandwich à un clochard qui était assis sur les marches.

De retour dans mon appartement d'en face, à la fin de l'après-midi, je compte mes économies. Je me les suis faites en gardant une petite fille.

Mon objectif à cet instant n'est pas d'acheter des habits mais de téléphoner assez longuement au Liban. J'ai à peu près soixante francs.

11

Je rejoins la cabine téléphonique de la poste. Bien sûr, je pourrais appeler depuis chez moi, mais c'est mon voyage pour rejoindre mes grands-parents, et je tiens à le payer de ma poche.

La porte de la cabine refermée, je forme le 19 pour l'international, puis le 961 pour le Liban, puis je fais le 1, suivi du numéro à six chiffres de mes grands-parents.

12

C'est rare d'avoir la ligne rapidement. Souvent, il faut composer le numéro des dizaines de fois. Mais là, par chance ça passe tout de suite !

Une femme à l'accent oriental décroche ; je ne la reconnais pas.

Je dis :

– Allô, c'est moi : Joumana !

– Joumana ? As-tu un problème ? C'est Mimiche ! Ton père était là ce matin ! Qu'est-ce que je peux faire pour toi ?

Mimiche habite au-dessus de chez mes grands-parents ; elle a deux filles de mon âge.

Je lui dis :

– Mimiche, maman a pris l'avion ce matin et elle sera bientôt là. J'aimerais parler à Geddo ; il est sûrement très malheureux avec la mort de Téta…

Un silence se fait entendre.

Je m'affole :

– QUOI MIMICHE ? QU'EST-CE QU'IL Y A ?

Elle me dit :

– Ma chérie, tu sais combien ses vieilles jambes sont fatiguées. Je ne peux pas te le passer… Ça fait des mois qu'il ne quitte plus son lit…

À mon tour, je me tais ; je sens que quelque chose ne va pas.

Elle reprend :

– Est-ce qu'on t'a dit pour les chats ?

Je réponds :

– Quoi ? Quels chats ?

– Ta Toupie, explique Mimiche, elle n'arrête pas de mettre bas ! Alors, avant que ta grand-mère ne meure, elle nous a fait promettre qu'on allait s'occuper d'elle et de toutes ses portées de chats. Quand ta Téta veut quelque chose, tu sais comment elle est : malgré son cancer de la gorge, elle a réussi à crier ! Maintenant, les chats sont partout dans l'immeuble ; je ne sais pas combien il y en a ! Ils sont à tous les étages !

Je souris :

– Sacrée Téta !

Et je pense que Geddo Joseph a eu raison de l'épouser ! Oui, même entre mille, c'est elle qu'il fallait choisir ! Car son cœur était très grand et, envoyés de Satan ou non envoyés de Satan, tous les chats du monde pouvaient même s'y baigner !

– En plus, poursuit Mimiche, figure-toi qu'un soir où ça bardait fort, elle est sortie dans les bombardements ! Ta Toupie, elle voulait la ramener ! Elle était tellement décidée qu'on n'a pas pu l'en empêcher. Elle disait que cette chatte, c'était comme sa petite-fille et qu'elle te chérissait ! Elle a mis vingt minutes à revenir ; ton grand-père était dans tous ses états ! Et puis, si tu l'avais vue chez Georges : pour ta chatte, c'était incroyable, elle achetait les meilleurs morceaux !

Le combiné de la cabine téléphonique raccroché, je suis rentrée chez moi.

Comme un manteau, la nuit était en train de tomber.

Je me suis bien gardée d'appuyer sur l'interrupteur, car j'avais dans l'idée d'allumer la mèche de la lampe à huile d'Aladin.

Pas pour formuler un souhait, mais pour doucement me rappeler.

J'étais rue Abdel-Wahab-el-Inglizi, j'avais presque seize ans, et je refaisais le trajet…

Les marchands ambulants criaient ce qu'ils avaient dans leurs charrettes et, des fenêtres, descendaient vers eux des paniers.

« Quand cette foutue guerre sera finie, un jour ton père va revenir, m'a dit mon cher grand-père Joseph depuis son lit où désormais il était toujours couché… Le grand Geddo Joseph Boustani, il était grand même assis ! Mais avant, laisse-moi te dire quelque chose, ma chérie… Il n'y a pas plus de génie dans cette lampe qu'il n'y en avait un dans la lampe à huile d'Aladin ! Mais, si je te l'offre, c'est pour te

rappeler qu'il est en toi, le génie ! Même dans les moments les plus sombres de la vie, on peut toujours allumer une bougie ! Est-ce qu'on t'a déjà d it ça, ma chérie ? Ça s'appelle entretenir l'espoir ! L'espoir et la foi qu'on a dans les hommes ! Car, même si parfois ils sont petits et misérables, ils savent aussi être très grands et très charitables ! Alors bientôt je vais partir… Mais, avec cette lampe, je suis tranquille ; je sais que tu n'oublieras pas les paroles que je t'ai dites ! Deviens celle que tu es, ma chérie, et pas celle que les autres ont envie que tu sois ! Tu es ma petite-fille Joumana et un jour tu seras une reine… Est-ce que tu entends ce que je te dis ? »

Le surlendemain, lundi matin, j'ai fait ma tresse pour partir au lycée. Mes camarades l'ont vue bien sûr, mais personne d'autre que moi n'a mesuré la portée de ce geste… Sauf peut-être mon Geddo Joseph et ma grand-mère qui volent aujourd'hui dans le ciel.

Et pourtant, par ce geste, je relevais la tête et je redevenais moi-même : Joumana Yasmina Marie, fille de Noura et de Pierre, et petite-fille de Geddo Joseph et de Téta Soraya que dans la famille, on surnommait Téta Souris…

Merci à ceux qui m'ont faite : mon père, ma mère, mon grand-père et ma grand-mère. Et merci à Khalil Gibran ! Je n'ai jamais eu le courage de lire la coupure de journal à la classe.

Ma timidité naturelle m'a empêchée de le faire. Alors, pour réparer mon silence, je joins à ce texte l'extrait du discours du poète. Khalil Gibran l'a écrit en 1920.

« … Vous avez votre Liban avec ses dilemmes. J'ai mon Liban avec sa beauté.

Vous avez votre Liban avec tous les conflits qui y sévissent. J'ai mon Liban avec les rêves qui y vivent. /…/

Votre Liban est un nœud politique que les années tentent de défaire. Mon Liban est fait de collines qui s'élèvent avec prestance et magnificence vers le ciel azuré.

Votre Liban est un problème international tiraillé par les ombres de la nuit. Mon Liban est fait de vallées silencieuses et mystérieuses dont les versants recueillent le son des carillons et le frisson des ruisseaux.

Votre Liban est un champ clos où se débattent des hommes venus de l'Ouest et d'autres du Sud. Mon Liban est une prière ailée qui volette le matin, lorsque les bergers mènent leurs troupeaux au pâturage, et qui s'envole le soir, quand les paysans reviennent de leurs champs et de leurs vignes.

Votre Liban est un gouvernement-pieuvre à nombreux tentacules. Mon Liban est un mont quiet et révéré, assis entre mers et plaines, tel un poète à mi-chemin entre création et éternité.

Votre Liban est une ruse qu'ourdit le renard lorsqu'il rencontre l'hyène et que celle-ci trame contre le loup. Mon Liban est fait de souvenirs qui me renvoient les fredonnements des nymphettes dans les nuits de pleine lune, et les chansons des fillettes entre l'aire de battage et le pressoir à vin.

Votre Liban est un échiquier entre un chef religieux et un chef militaire. Mon Liban est un temple que je visite dans mon esprit, lorsque mon regard se lasse du visage de cette civilisation qui marche sur des roues.

Votre Liban est un homme qui paie tribut et un autre qui le perçoit. Mon Liban est un seul homme, la tête appuyée sur le bras, se prélassant à l'ombre du Cèdre, oublieux de tout hormis de Dieu et de la lumière du soleil. /…/ »

Khalil Gibran
Extrait de *Merveilles et processions*,
traduit de l'arabe par Jean-Pierre Dahdah

CET OUVRAGE A ÉTÉ ACHEVÉ D'IMPRIMER
SOUS LE CÈDRE POUR LE COMPTE
DES ÉDITIONS THIERRY MAGNIER
PAR L'IMPRIMERIE FLOCH À MAYENNE
EN JANVIER 2010
DÉPÔT LÉGAL : FÉVRIER 2010
N° D'IMPRESSION : 75701

Imprimé en France